Annette Roeder

DIE KRUMPFLINGE

Egon rettet die Krumpflburg

Annette Roeder

DIE KRUMPFLINGE

Egon rettet die Krumpfburg

Band 5

Mit Illustrationen von

Barbara Korthues

cbj

Sollte diese Publikation Links auf Webseiten Dritter enthalten, so übernehmen wir für deren Inhalte keine Haftung, da wir uns diese nicht zu eigen machen, sondern lediglich auf deren Stand zum Zeitpunkt der Erstveröffentlichung verweisen.

Dieses Buch ist auch als E-Book erhältlich.

Weitere Abenteuer von Egon Krumpfling und seinem Freund Albi Artich hat die Autorin Annette Roeder hier erzählt:
Die Krumpflinge – Egon zieht ein! (ISBN 978-3-570-15858-6)
Die Krumpflinge – Egon wird erwischt! (ISBN 978-3-570-15859-3)
Die Krumpflinge – Egon schwänzt die Schule (ISBN 978-3-570-17090-8)
Die Krumpflinge – Egon taucht ab! (ISBN 978-3-570-17123-3)
Die Krumpflinge – Egon wird großer Bruder (ISBN 978-3-570-17284-1)
Die Krumpflinge – Egon wünscht krumpfschöne Weihnachten (ISBN (978-3-570-17344-2)
Die Krumpflinge – Egon macht Ferien (ISBN 978-3-570-17395-4)
Die Krumpflinge – Egon spukt in der Schule (ISBN 978-3-570-17477-7)
Die Krumpflinge – Ein Freund wie Egon (ISBN 978-3-570-17526-2)
Die Krumpflinge – Egon feiert Geburtstag (ISBN 978-3-570-17598-9)

MIX
Papier aus verantwortungsvollen Quellen
FSC® C043106
www.fsc.org

Verlagsgruppe Random House FSC® N001967

3. Auflage

Vermittelt durch die Literarische Agentur Barbara Küper
Umschlag und Innenillustrationen: Barbara Korthues
Serienlogo: Barbara Korthues
Lektorat: Hjördis Fremgen
hf · Herstellung: AJ
Satz und Reproduktion: Lorenz & Zeller, Inning a. A.
Druck: Grafisches Centrum Cuno GmbH & Co. KG, Calbe
ISBN 978-3-570-17262-9
Printed in Germany

www.cbj-verlag.de

Inhaltsverzeichnis

Aus Albis Freundebuch

Vorname: Egon
Nachname: Krumpfling
Haare: babyspinatgrün und überall am Körper
Augen: glupschig
Größe: 17,3 cm, wenn ich mich strecke
Besondere Merkmale: herzförmiger Fleck rechts auf der Brust
Das bin ich:

ganz schön, gell?!

Familie: ungefähr 49 Krumpflinge, wir sind alle miteinander verwandt
Ich wohne: Krumpfburg Nr. 22, in der roten Kindergießkanne mit den weißen Punkten (der Skistiefel wär mir lieber)

Alter: weiß ich nicht, aber ich bin der Jüngste der Krumpfling-Sippe

Lieblingsessen: Schimmelpilze mit Semmelknödeln

Lieblingsgetränk: frisch gebrühter Krumpftee (am gernsten den aus Albis Schimpfwörtern)

Was mir gar nicht schmeckt: lol-Brause, bäh, da muss ich pupsen

Meine Hobbys: andere ärgern (aber so, dass sie nicht weinen müssen), schlafen, Teelöffel-Hockey spielen

Was ich einmal werden möchte: Dieb oder Ganove

Wovor ich Angst habe: Hunde und manchmal Oma Krumpfling

Meine besten Freunde: Albert Artich und sonst Keiner

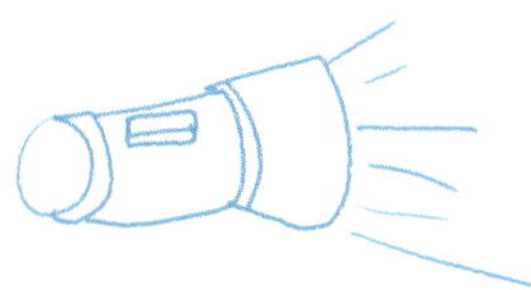

Egon wird ertappt

Auf Pfotenkrallenspitzen schlich Egon durchs alte Ofenrohr aus der Krumpfburg. Durch die hintere Öffnung sah er bereits die Kellertreppe, die nach oben in die Villa Artich führte.
„Gleich hast du's geschafft, Egon Krumpfling!“, flüsterte er sich Mut zu. „Albi wartet bestimmt schon ganz hummelungeduldig auf dich. Oh, das wird ein schimmelschöner Tag!“
Heute war Samstag, und die beiden Freunde hatten ausgemacht, dass sie sich gleich am frühen Morgen treffen wollten. Albis Eltern waren von Herrn Artichs Chef zum Golfspielen eingeladen worden, weil Herr Artich seit genau zehn Jahren in der Firma angestellt war. Nach langem Zögern hatten sie Albi erlaubt, zum ersten Mal alleine zu Hause zu bleiben. Nun ja, „alleine“ war eigentlich nicht ganz richtig: Schließlich lebten im Keller

ihres Hauses 49 fiese und ein reizender Krumpfling! Aber das ahnten Rosalie und Bertram Artich natürlich nicht. Sonst hätten sie sich bestimmt mehr Sorgen gemacht.

Und auch Oma Krumpfling hatte – Krumpfling sei Dank – keinen blassen Schimmer von der heimlichen Freundschaft ihres jüngsten Sippenmitglieds und dem Menschenkind. Wenn sie dahinterkäme, dass Egon fast jeden Tag nach oben schlich, würde sie ihn vor Wut zusammenfalten wie eine Origamiblattlaus. Das wusste Egon genau. Deswegen zitterten seine Knie wie immer, während er die letzten Schritte durch den Tunnel tapste. Und deswegen schrie er auch vor Schreck laut auf, als ihn eine Kralle auf den Rücken tippte: „Okrumpfokrumpfhilf!"

Dabei sprang Egon in die Höhe, knallte mit dem Kopf gegen das Ofenrohr und landete dann auf

dem Rücken. Über ihm stand nun triumphierend sein Mitschüler Hans-Georg, der von allen der „schleimige Schorschi“ genannt wurde.
Schorschi rief: „Ha! Hab ich dich endlich ertappt, du herzgefleckter Heimlichtuer!“
Selbst in diesem Moment musste sich Omas Liebling über den herzförmigen Fleck in Egons Fell lustig machen! Das war eine krumpfkäse-fiese Gemeinheit. Egon wusste gar nicht, was er darauf erwidern sollte.
„Glupsch nicht dumm rum, sondern steh sofort auf!“, befahl Schorschi.
„Wieso denn, bitte?“, fragte Egon möglichst unschuldig. „Ich kann liegen, wo ich mag.“
„Nix da! Wir zwei gehen jetzt schön zu Oma Krumpfling, gell. Und dann kannst du ihr erklären, was du um diese Zeit VOR der Krumpfburg machen wolltest.“ Schorschi grinste von einem Löffelohr zum anderen.
„Oder auch nicht!“
„Natürlich kann ich es erklären“, gab Egon patzig zurück.

Jetzt musste er sich allerdings schleunigst einen guten Grund einfallen lassen. Hilfesuchend sah er sich um.
„Ich bin hier draußen, weil, weil …“ Egons Blick fiel auf die Streichholzschachtel neben dem Ofenrohr. „… weil ich nach der Post schauen wollte!“
Schorschi prustete laut los. „Haha. Da lachen ja die Asseln! Krumpflinge bekommen niemals Briefe! Wer sollte uns denn schreiben? So eine dusseldumme Ausrede kann auch nur dir einfallen.“
„Und warum gibt es dann bitte einen Briefkasten an der Krumpfburg?“
Egon rappelte sich auf und marschierte zur Streichholzschachtel. Als hätte er nie etwas anderes vorgehabt. Natürlich rechnete er nicht damit, einen Brief zu finden. Seit er denken konnte, hatten die Krumpflinge noch nie Post erhalten. Aber jetzt musste er zumindest so tun, als ob er nachsehen wollte.

Er schob die Schachtel ein Stück weit aus der Hülle und tastete in ihr Inneres. Doch da war ja wirklich etwas? Egon schob die Schachtel weiter auf und zog einen dicken Briefumschlag heraus.
„Ja, was haben wir denn da?"
Über der kaum leserlichen Adresse klebte eine Briefmarke. Sogar mit Stempel! Schorschis Augen wurden rund wie Glasmurmeln.
Jetzt triumphierte Egon: „Einen Brief! Vielleicht sogar den ersten Brief in der Geschichte der Krumpflinge! Oma Krumpfling wird sicher ganz begeistert sein, dass ich …"
„Dass der schlaue Schorschi den Briefkasten kontrolliert hat!", kreischte Schorschi, riss dem verdutzten Egon den Brief aus der Hand und wieselte zurück in die Krumpfburg. Empört sauste Egon hinterher.
Sein Albi würde jetzt leider ein bisschen warten müssen. Das Lob von Oma für diesen Fund wollte er sich nicht entgehen lassen. Den aufregenden Brief hatte schließlich er entdeckt und nicht der glattgebürstete Schleimschwätzer!

Post für Oma Krumpfling

Oma Krumpfling hatte es sich mit Professor Honigschwamm im Burggarten unter dem ausgetrockneten Kaktus gemütlich gemacht. Die beiden schlürften frischen Krumpftee, den die Sippenchefin aus schmackhaften Menschenschimpfwörtern gebrüht hatte. Dabei spielten sie das Brettspiel „Krumpf, freu dich nicht“. Oma Krumpflings Laune war außergewöhnlich gut. Das lag am leckeren Krumpftee und daran, dass Professor Honigschwamm die Chefin schon zum vierten Mal hatte gewinnen lassen. Deswegen lächelte sie sogar, als Schorschi und kurz nach ihm Egon in das Gärtchen gerannt kamen.

„Wir haben Post! Richtige Post im Briefkasten! Und ich habe sie gefunden!“, plärrte Schorschi aufgeregt und bremste unerwartet ab. „Jetzt bekomme ich eine Belohnung, gell?“

Egon prallte mit viel Schwung auf ihn, sodass beide Krumpflingschüler auf die Schnauzen platschten.

„Das stimmt gar nicht! ICH habe den Brief entdeckt“, erklärte Egon auf dem Boden liegend.

Oma Krumpfling ließ den Würfel fallen.

„Weißwurstegal, wer ihn gefunden hat. Her damit. Und hört auf, euch im Dreck zu wälzen, ihr Staubferkel.“

Sie grapschte nach dem Brief und beschnüffelte ihn von allen Seiten. Dann buchstabierte sie die Adresse: „A N O M A K R U M P F L I N G … Anomak Rumpfling, Krumpfburk 1. Kenn ich nicht. Wer soll das denn sein, hä?“

Sie warf den Umschlag über das Spielbrett zu Professor Honigschwamm. Der schob seine Brille zurecht und studierte die Adresse.

„Aha, ich verstehe. Das heißt: An Oma Krumpfling. Aber einen Absender kann ich nicht entdecken. Kann ich nicht."
„Aufmachen, schnell!", japste Schorschi.
„Bestimmt steht innen drinnen, von wem der Brief ist, gell?"
Er war aufgesprungen und stand nun dicht neben dem Lehrer der Krumpflinge. Egon drängte sich neben ihn. Obwohl Schorschi ihm immer wieder den Ellbogen in den Kugelbauch stieß, wollte er sich nichts entgehen lassen.
„Nur zu!" Oma Krumpfling nickte Professor Honigschwamm aufmunternd zu. Der schlitzte mit der Daumenkralle den Umschlag auf, zog ein Papier heraus und faltete es auseinander. Stockend begann er vorzulesen:
„Libe Oma Krumpfling!"
Oma Krumpfling rümpfte die Schnauze.
„Tztztz. Da nennt mich jemand LIEB. Was für eine Frechheit!"
„Böse hätte besser gepasst, gell", schleimte Schorschi.

„Jetzt lesen Sie doch weiter, Professor Honigschwamm“, quengelte Oma Krumpfling ungeduldig. Also fuhr der Lehrer fort:
„Wir seiet die Mampflinge und lebet unta oich. Uns nich gut gehet. Daine Hilfe braucha!“
„Meine Hilfe? Kommt nicht infrage.“ Oma Krumpfling schüttelte so heftig den Kopf, dass mehrere Essiggürkchen, die sie heute als Lockenwickler in ihre Haare gedreht hatte, herausflogen. Ihr Fell färbte sich senfgelb vor Empörung. „Ich bin ein Krumpfling und kein Notarzt.“
Egon kannte die Mampflinge nur vom Hörensagen. Sie waren entfernte Verwandte der Krumpflinge, die blaues Fell hatten und in der Kanalisation lebten. Bisher hatten die beiden Sippen nie etwas miteinander zu tun gehabt. Aber weil Egon als einziger Krumpfling der Welt ein mitfühlendes Wesen hatte, taten ihm die Mampflinge sofort leid.

„Warum brauchen die armen Mampflinge denn Omas Hilfe?“, wollte er wissen.
„Eine interessante Frage“, bestätigte Professor Honigschwamm. „Vielleicht können wir sie beantworten, wenn ich den Brief fertig lese. Den Brief.“
Er räusperte sich und las weiter:
„Wo war ich? Was für eine grauenhafte Rechtschreibung. Grauenhaft. Und diese Grammatik. Ach ja, hier … Daine Hilfe braucha. Ir oich holet imma alle Schimpfwörta, das füa uns nix bleibet üprik. Wir habet schon said Wochn kain Tee. So das nich waita gehet. Müssa drüba reda. Komma ich Samsdag Middag mit maina Asistäntin zu Bäsuch. File Grüse, Großi Mampfling.“
Mit ernster Miene ließ Professor Honigschwamm das Blatt sinken.
„Samstag Mittag. Das ist ja heute.“
Oma Krumpfling tippte sich mit der Zeigekralle an die Stirn.
„Diese Bettel-Omi kann kein Wort richtig schreiben und will auch noch hierherkommen? Die hat wohl nicht mehr alle Törtchen in der Vitrine!“

„Dummerweise ist diese Bettel-Omi die Chefin eines ziemlich großen Volkes." Professor Honigschwamm zupfte an seinem Schnurrbart. „Soweit ich weiß, leben über 100 Mampflinge in den Abwasserrohren. Über 100!"
„Oioioi. Das sind ja viel mehr als wir. Mit 100 Mampflingen sollten wir uns nicht anlegen. Aber Teeteilen kommt natürlich auch nicht infrage!"
Die Sippenchefin nahm einen großen Schluck Krumpftee. Es stimmte schon … Die Krumpflinge lagerten riesige Teevorräte. Dieser kleine Junge von oben schickte ja mehrmals täglich frische Schimpfwörter in den Ausguss. Aber das war noch lange kein Grund, etwas abzugeben! Oma Krumpfling trat Professor Honigschwamm unter dem Tisch gegen das Schienbein.
„Was machen wir denn jetzt, Professor?"

„Ich fürchte, da gibt es nur eines. Nur eines." Professor Honigschwamm seufzte schwer. „Wir bereiten jetzt in Pupspropellergeschwindigkeit einen ehrenhaften Staatsempfang vor. Mit schimmeligem Festessen, Gesangsvortrag des besten Schülers ..."
„Das bin dann ich, gell?", krähte Schorschi.
Aber der Lehrer beachtete ihn nicht.
„Dabei zeigen wir dieser Großi Mampfling, wie toll wir Krumpflinge sind, wie toll. Sie muss merken, dass die Mampflinge gegen uns nicht anstinken können. Und dann sagen wir ihr klipp und klar, dass wir nichts für sie übrig haben, und schicken sie wieder nach Hause", sagte der Professor.
„Aber ich hatte mich auf ein gemütliches Wochenende gefreut. So ein Heupferdeapfelhaufen!" Oma Krumpfling stampfte zornig mit dem Pantoffel auf und schielte nach oben zur Armbanduhr, die vom Burgturm herabbaumelte.
„Nun ja. Raffzähne zusammenbeißen und durch. Bis die dömmelige Mampfnase mit ihrer

Assistante kommt, bleiben uns noch drei Stunden Zeit zur Vorbereitung. Jeder muss mitmachen!"
Sie wandte sich an Schorschi und Egon. „Wer von euch beiden hat gleich noch mal den blöden Brief entdeckt?"
Schorschi deutete sofort auf Egon und quiekte: „Der da!"
Oma Krumpfling verdrehte die Glupschaugen. „Hätte ich mir's ja denken können, unser Dummpatsch Egon ist mal wieder an allem schuld. Zur Strafe wirst du meine neun, äh elf, nö zehn Handtaschen … ach, ist ja auch egal, wie viele es sind … du wirst meine Handtaschensammlung abstauben, damit ich vor Großi Mampfling schön angeben kann."

Zu viele Handtaschen

Lustlos wedelte Egon mit der Hühnerfeder über die Tasche aus Krokodilleder. Sein flauschiges Fell war vom Staub schon ganz grau gepudert.
„Haaaatschji-püh!“ Egon musste niesen. Das war nun schon die vierte Handtasche aus Oma Krumpflings Sammlung, die er putzte. Und ein Ende war nicht absehbar. Hinter diesem hässlichen Stück häuften sich mindestens noch fünf weitere alte Taschen. Oder sechs oder sieben. Man konnte sie kaum auseinanderhalten! Nicht einmal Oma Krumpfling selbst wusste ja genau, wie viele sie besaß.
„Wozu braucht eine einzige Oma so viele Handtaschen?“, fluchte Egon vor sich hin. „Wohnen kann sie doch nur in einer! Hatschschii!“
Er rieb sich mit dem Arm über die kitzelnde Schnauze.

Nicht weit von Egon entfernt machte sich Dusselkurt gerade daran, den Teelöffelhockeyplatz zu säubern. Voller Neid schielte Egon auf den elektrischen Föhn, mit dem der Müllmann der Krumpflinge Staub, Schmutz und Bonbonpapiere ganz einfach wegpusten konnte. Mit diesem Föhn könnte man auch die Handtaschen orkanböenschnell abstauben …
Egon überlegte, wie er an den Föhn kommen könnte. Eigentlich war er ja ein lieber Krumpfling. Aber ein lieber Krumpfling ließ auch seinen Freund nicht warten, oder? Und Albi machte sich möglicherweise schon Sorgen, weil Egon immer noch nicht zu ihrer Verabredung gekommen war! Egon steckte die Hühnerfeder in das Nasenloch des Krokodils auf dem Taschendeckel und wuselte über den Platz zu Dusselkurt.

„Hallo, Dusselkurt! Haaaallo!“ Er musste ziemlich laut schreien, bis der Müllmann ihn hörte.

„Holla, hast du mich erschreckt. Was’n los, Herzizwerg?“, fragte Dusselkurt verdutzt.

„Oma Krumpfling lässt ausrichten, du sollst zuerst den Krumpfteeabfall rausbringen, bevor du hier weitermachst“, schwindelte Egon.

Jeder andere hätte die himmelblauen Verlegenheitsflecken um seine Schnauze bemerkt.

Doch zum Glück war Dusselkurt nicht der schlaueste Krumpfling.

„Schon wieder?“, fragte er verwundert. „Bin doch grad erst beim Kompost gewesen.“

Egon wackelte mit den Löffelöhrchen. „In eine doppelt leere Tonne passt eben doppelt viel Müll rein.“

Dusselkurt pfiff durch die Zähne. „Ach so?

Ja klar. Die Chefin is echt schlauwieschlumpf!“

Er drückte Egon den Föhn in die Pfote und trottete davon.

Keine fünf Minuten später warf Egon den Föhn neben die Seifenschale, die als Hockeytor

benutzt wurde, und trabte nach oben. Alle Handtaschen waren blitzblank sauber gepustet. Weil Oma jedem Krumpfling der Sippe eine wichtige Aufgabe zur Vorbereitung des Empfangs zugeteilt hatte, achtete jetzt niemand auf den kleinen Egon. Nicht einmal Schorschi. Denn der studierte mit Professor Honigschwamm sein Lied ein.

Scherben bringen Unglück

Die Staubwolke im Keller der Krumpflinge hatte sich noch nicht gesenkt, als Egon seinen Freund Albi in der Küche entdeckte. Der Junge hatte sich eine Schürze umgebunden und las in einem Kochbuch. Auf der Arbeitsfläche vor ihm standen verschiedene Backzutaten, Rührgerät und zwei Schüsseln. Durch das offene Fenster konnte man von der Straße her das Geplapper von Lulu und Bruno Vogelsang hören.

„Endlich bist du da!", rief Albi aus, als Egon vor ihm auf die Arbeitsfläche hopste. Er streichelte seinem Freund über den grünen Haarschöppel. „Ich hätte beinahe eine Vermisstenanzeige aufgegeben!"

„Du ahnst ja nicht, was bei uns los ist!"

Hastig erzählte Egon von den Ereignissen in der Krumpfburg.

„Musst du jetzt wieder runter in den Keller? Eigentlich wollte ich mit dir und Lulu für Papas Bürojubiläum einen Kuchen backen. Aber Lulu hatte keine Lust und veranstaltet lieber mit Bruno einen Flohmarkt.“ Albi wirkte sehr enttäuscht. „Ich hatte gehofft, dass wenigstens du mir helfen wirst.“

Er deutete auf eine kleine Puppenkochmütze, die er extra von Lulu ausgeliehen hatte. Egon setzte sie sich sofort auf den Kopf. Dann ließ er sich auf das Butterpäckchen plumpsen.

„Natürlich helfe ich dir! Oma Krumpfling lädt Großi Mampfling und ihre Assistentin zunächst zum Essen in die ‚Schimmelige Morchel‘ ein. Ich muss erst um drei Uhr nach dem Mittagsschlaf wieder da sein, wenn der große Empfang beginnt. Bis dahin haben wir doch genug Zeit?“

Egon bohrte mit der Zeige-

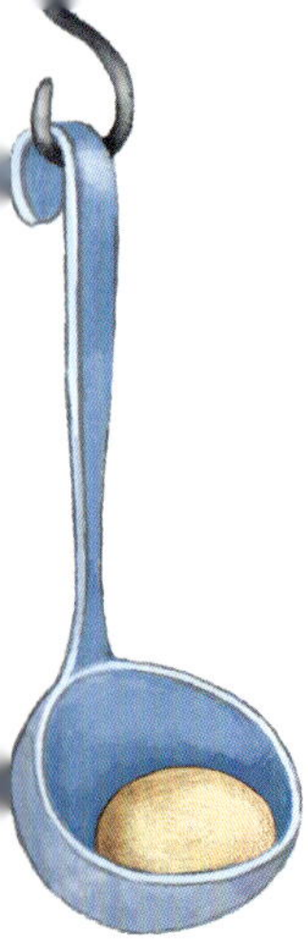

kralle ein Loch durch die Packung, kratzte etwas weiche Butter heraus und schleckte sie auf.
„Hmjam, außerdem bin ich ein krumpfguter Bäcker. Was für einen Kuchen machen wir?“
Albi zog die Augenbrauen hoch. „Keinen, wenn du vorher die Butter auffrisst. Ich hab doch schon mein ganzes Taschengeld für die Zutaten ausgegeben. Es soll nämlich eine echte Wiener Sachertorte werden.“ Er zog Egon behutsam von der Butterpackung herunter und tröstete ihn: „Zum Schluss darfst du ganz allein die Schüssel auskratzen, Egon!“
Dann lehnte er das Kochbuch schräg an das Fensterbrett über der Arbeitsfläche, damit er das Rezept besser lesen konnte. „Aha. Als Erstes sollen wir das Eiweiß mit einer Prise Salz schlagen. Ich hol den Salzstreuer aus dem Esszimmer. Du trennst inzwischen schon mal acht Eier! Das kannst du doch?“
Egon nickte. „Klar wie Eiklar!“
Als Albi mit dem Salzstreuer zurückkam, war der Eierkarton

bis auf zwei Eier leer. Die beiden Rührschüsseln allerdings auch.

„Was hast du denn mit den Eiern gemacht?", fragte Albi bestürzt.

„Getrennt. Sollte ich doch", antwortete Egon stolz und zeigte mit den Pfoten durch die ganze Küche.

Albi sah sich misstrauisch um. Das erste Ei steckte im Topf mit dem Basilikum. Ein zweites fand er im Ausguss des Spülbeckens. Das Dritte lag in der Schöpfkelle neben dem Herd.

„Aber doch nicht so!", rief Albi verzweifelt. „Du musst die Eier erst aufschlagen, damit du den Dotter vom Eiweiß trennen kannst."

„Ach was. Sag das doch gleich!"

Egon griff nach einem Kochlöffel, holte aus und schlug auf die beiden Eier, die noch in der Schachtel steckten. Die Eiermatsche spritzte in alle Richtungen.

„Hör sofort auf!", schrie Albi. „Ich dachte, du bist ein krumpfguter Bäcker?"

„Bin ich doch." Egon ließ erstaunt den Kochlöffel sinken.

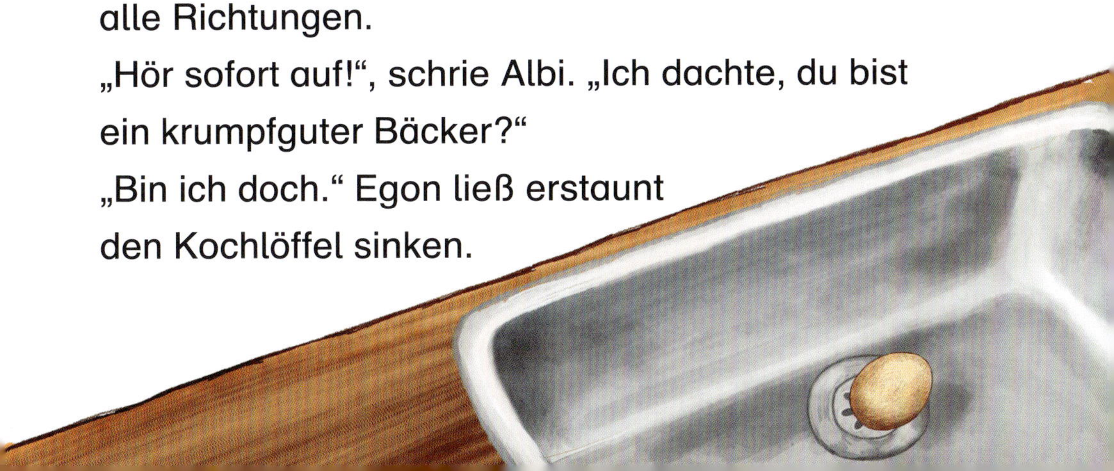

„Allerdings habe ich bisher keine Sachtorten gebacken, sondern Schwammerlschnitten. Da sind nur verfaulte Pilze und viel Schimmelmehl drin.“
„Also gut. Dann zeige ich dir jetzt, wie man die Eier vorbereitet. Schau genau zu.“
Albi sammelte in einem Brotkörbchen die Eier ein, die Egon in der Küche verteilt hatte. Es war gar nicht so leicht, alle wiederzufinden. Danach schlug er vorsichtig die Eierschale jedes einzelnen Eis auf und ließ das Eiweiß in die kleinere, hohe Rührschüssel flutschen. Die Dotter kippte er in die große Schüssel aus Porzellan.
Der Krumpfling beobachtete Albi eine Zeit lang. Lustlos zählte er die blauen Blümchen auf der Schüssel. Wie langweilig das war, wenn man selbst nichts machen durfte! Als Albi beim sechsten Ei angelangt war, schob Egon den vermatschten Eierkarton über das angelehnte Kochbuch auf das Fensterbrett. Dann sprang er selbst hinein und rutschte wie in einem Schlitten auf den offenen Seiten nach unten. Das war

lustig! Die Fahrt wurde immer schneller. Egon kicherte, doch dann fing er an zu quieken. Denn er zischte geradewegs auf die Rührschüssel mit dem Eiweiß zu. Aber wie sollte er bremsen? Und steuern konnte er sein Gefährt auch nicht!
„Haalt!", japste Egon.
Albi ließ die Eierschalen fallen und griff nach der Schachtel. In der Hektik stieß er aber mit dem Ellbogen gegen die Porzellanschüssel. Die prallte gegen die hohe Schüssel mit dem Eiweiß und warf sie um. Das Eiweiß breitete sich aus wie ein Schmierölteppich. Die große Schüssel glitt darüber bis zum Rand der Arbeitsfläche, flog ein Stück … und zerschellte auf dem Fliesenboden in tausend Scherben. Auweia! Egon hielt sich die Glupschaugen zu und wartete auf Albis Schimpftirade.

Egon hat eine Idee

Wenn Albi wenigstens wütend geworden wäre! Aber der rief nur entsetzt: „So ein Mist … elzweig!" Seinen Eltern war es sehr wichtig, dass er keine Schimpfwörter sagte. Die Schimpfwörter, die er für die Krumpflinge in den Ausguss rief, waren natürlich etwas anderes.
Egon kletterte aus dem Eierkarton und linste über den Rand der Arbeitsfläche nach unten auf die Bescherung.
„Neun kaputte Eier und eine kaputte Schüssel und ich Dummtropf bin an all dem schuld. Können wir das mit Klebeband wieder heile machen?"
Albi schüttelte traurig den Kopf.
„Ich fürchte nicht. Eier kann man nicht kleben. Und Mamas Lieblingsschüssel auch nicht. Die hatte zwar schon eine Macke am Rand, aber sie war von ihrer Urgroßmutter."

Er wischte sich mit dem Ärmel über die Augenwinkel und bemühte sich nicht zu weinen. Egons Herz zog sich zusammen, als er das sah.
„Jetzt weiß ich was!“, rief der Krumpfling plötzlich erfreut. „Wir kaufen alles neu!“
Schniefend widersprach Albi: „Das geht auch nicht. Ich hab doch schon mein gesamtes Taschengeld für die Backzutaten ausgegeben. Die waren aus dem Bioladen!“
Aber Egon wollte nicht aufgeben: „Dann klauen wir eben Geld! Stehlen steht zwar erst im nächsten Schuljahr auf dem Stundenplan, doch Professor Honigschwamm hat uns schon mal erzählt, wie das geht.“
„Kommt nicht infrage!“, empörte sich Albi.

„Menschen dürfen nicht klauen. Sonst kommen sie ins Gefängnis. Menschen müssen sich ihr Geld ehrlich verdienen."
„Ach so, verdienen. Und wie geht das?"
„Durch harte Arbeit. Oder indem man etwas mit Gewinn verkauft, so wie Lulu draußen mit ihrem Flohmarkt-Stand."
Jetzt klatschte Egon vor Freude in die Pfoten.
„Dann ist ja alles kleisterpulverklar. Wir verkaufen eben auch was an Lulus Stand!"
„Hm. Das ist vielleicht keine schlechte Idee."
Tatsächlich wirkte Albi gleich viel fröhlicher.
„Ich könnte meine Abenteuerromane hergeben. Die sind sehr spannend. Oder den Lego-Hub-

schrauber. Den habe ich ja schon zum vorletzten Geburtstag geschenkt bekommen.“

„Quarktaschenquatsch!“, quäkte Egon. „Das schleimige Schlamassel hier hast du doch mir zu verdanken. Also verkaufen wir auch etwas von mir. Zum Beispiel … zum Spiebeil … zum Bliespei …“

Aber so sehr Egon auch nachdachte, außer dem angeschlagenen Eierbecher, aus dem er seinen Krumpftee trank, fiel ihm nichts ein, was tatsächlich ihm gehörte. Vor lauter Nachdenken kribbelte seine Schnauze und er musste niesen. Doch dabei kam ihm eine hervorragende Idee: „Eine Handtasche! Wir verkaufen eine Handtasche! Da haben wir eh viel zu viele davon in der Krumpfburg. Nicht mal Oma Krumpfling weiß genau, wie viele es sind. Du musst mir nur beim Tragen helfen!“

Noch war Albi nicht restlos überzeugt. Natürlich wäre er froh, wenn er nicht seine schönsten Spielsachen verkaufen müsste. Er nahm den Krumpfling auf die Handfläche, hob ihn vor sein Gesicht und sah ihm prüfend in die Glupschaugen.

„Handtaschen sind teuer. Dafür bekommen wir sicher viel Geld. Aber bist du ganz sicher, Egon, dass wir uns eine nehmen dürfen?"
Egon legte die linke Pfote auf den herzförmigen Fleck auf seiner Brust.
„So sicher, wie Opa Krumpfling mit einem Pupspropeller in die Luft geflogen ist."

Die beiden Freunde warteten bis zwei Uhr. Jetzt musste das Glöckchen im Turm der Krumpfburg zum Mittagsschlaf klingeln. Oma Krumpfling würde für keinen Besuch der Welt auf ihr Nickerchen verzichten. Sicherheitshalber ließen Albi und Egon noch ein paar Minuten verstreichen. Dann schlichen sie gemeinsam in den Keller. Durch die verschmutzte Fensterscheibe fiel trübes Licht auf die Krumpfburg. Erst als Albi genau hinsah, konnte er den Eingangstunnel, das Wasserrutschenbecken, Egons Wohnhöhle, den Festsaal und den Brunnen, durch den die Menschen-Schimpfwörter abgesaugt wurden, erkennen. Jeder andere hätte nur ein verrostetes Ofenrohr,

eine Babybadewanne, eine rote Kindergießkanne, einen Drehleierkasten ohne Spielwerk und einen verkalkten Duschkopf gesehen. Einen Haufen altes Gerümpel eben! Nichts rührte sich darin, nicht einmal ein Weberknecht krabbelte herum. Nur wenn man sehr genau lauschte, war ein leises Summen zu hören. Das war das Schnarchen der Krumpflinge. Genau wie Egon vorausgesagt hatte, machten um diese Zeit alle ihr Nickerchen.
„Schnell, schnapp dir eine Tasche", flüsterte er. Egon klammerte sich an der Schulter seines Freundes fest und dirigierte ihn von dort aus. Albi griff nach der ersten Handtasche, die er erwischen konnte. Egon rief entsetzt: „Nicht die! Das ist die Wohnhandtasche von Oma Krumpfling! Du willst doch nicht unsere Chefin klauen!"

Obwohl es im Keller kühl war, wurde es Albi vor Aufregung heiß. Egon deutete auf einen Taschenstapel neben dem Teelöffelhockeyplatz.

„Das ist Omas Sammlung. Diese Taschen sind unbewohnt.“

Albi packte eine Handtasche aus schwarzbraunem Leder am Henkel und zog sie mit zitternden Fingern heraus. Sie fühlte sich seltsam schwer an. Aber wahrscheinlich wog sein schlechtes Gewissen so viel. War das nicht doch Diebstahl? Selbst wenn der kleine Kerl behauptete, Klauen sei bei den Krumpflingen eine hoch angesehene Fertigkeit …

Auch Egon schien es nicht ganz wohl in seinem grünen Fell zu sein.

„Und jetzt nichts wie raus hier!“, befahl er hektisch. Das musste er seinem Freund nicht zweimal sagen! Als wäre die Polizei hinter ihm her, rannte Albi nach oben und aus dem Haus.

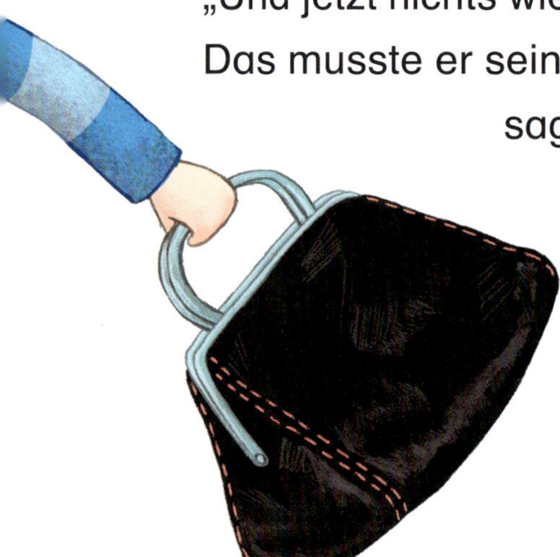

Geschäftsfrau Lulu

Vor dem Garten der Vogelsangs hockte Lulu hinter ihrem Verkaufsstand und schrieb Schilder: „Häppi Aua – alles zum halben Preis“ und „Viel kaufen – wenig zahlen“. Das Geschäft ging ziemlich schleppend. Die wenigen Leute, die vorbeikamen, wollten keine Benjamin-Blümchen-Kassetten und auch keine Lillifee-Hefte haben. Dabei fehlten bei den meisten nur wenige Seiten! Die Einzigen, die aus Mitleid etwas erworben hatten, waren ihre Eltern gewesen. Lulus Ma hatte ihr ein selbstgemaltes Bild abgekauft und ihr Papi ihrem kleinen Bruder Bruno einen Papierflieger. Sein Geld wollte Bruno dann sofort für Zitroneneis ausgeben. Aber Lulu mochte nicht aufgeben, bevor sie richtig viel verdient hatte! Also war ihre Familie mit Dackel Bazi zum Café Glöckchen gezogen und hatte

Lulu alleine zurückgelassen. Umso mehr freute sie sich, dass nun Albi und Egon mit einer altmodischen Handtasche auf ihren Stand zugerannt kamen.
Sie zeigte stolz auf ihr Angebot: „Spannende Hörspiele und große Werke der Weltlottertur. Alles zum Supersonderpreis!"
Albi winkte gleich ab: „Sei mir nicht böse, aber wir wollen bei dir nichts einkaufen, sondern diese Tasche hier verkaufen!"
Egon erklärte etwas verlegen: „Beim Backen ist nämlich ein bisschen was schiefgegangen. Und nun brauchen wir dringend viel Geld!"
„Das verstehe ich gut!" Lulu musterte die Handtasche. „Sieht fein aus. Die bekommen wir bestimmt bald los. Allerdings möchte ich dann Powisohn. Schließlich stelle ich euch meinen Stand zur Verfügung und so."
„Natürlich bekommst du Provision. Hauptsache, ich kann Eier für Papas Überraschungstorte und eine neue Schüssel für meine Mama kaufen", versprach Albi ergeben.

Die beiden Kinder handelten aus, was sie für die Tasche verlangen wollten und wie viel Lulu davon bekommen sollte. Dabei bemerkten sie gar nicht, dass Herr Zoffler auf sie zukam. Der alte Herr bewohnte mit seiner Frau das Haus auf der anderen Seite neben der Villa Artich. Mit einem leisen Schreckensquietscher verschwand Egon gerade noch rechtzeitig in Albis Jackentasche. Doch Herr Zoffler achtete gar nicht auf die Kinder und ihren Flohmarktstand, sondern wollte schnurstracks daran vorbeistapfen. Aus seinem Vorgarten herüber hörte man Frau Zoffler zetern: „Scher dich zur Hölle, du kugelbauchiger Kürbis!“

„Gerne! Lieber treffe ich den Teufel als dich zänkischen Haarzahn!“, pöbelte Stoffel Zoffler zurück.

Dass die beiden oft und laut stritten, war in der ganzen Nachbarschaft bekannt.

Doch Lulu ließ sich nicht davon abhalten und stellte sich vor Herrn Zoffler mitten auf den Weg.
„Wunderschönen guten Tag, Herr Zoffler!“, begrüßte sie ihn wohlgelaunt.
„Wunderschön, tatsächlich?“ Herr Zoffler blinzelte in den blauen Himmel. „So eine keifende Kneifzange kann einem doch das sonnigste Wochenende verderben. Nie ist diese Motzmorchel zufrieden mit mir! Ich geh jetzt eine Runde Dampf ablassen. Aus dem Weg!“
Er wollte sich an Lulu vorbeidrängen.
„Moment, Moment. Vielleicht fehlt es Ihnen ja nur an einer kleinen Aufmerksamkeit für die holde Ehefrau?“, fragte Lulu.
Egon kicherte vor sich hin und Albi pfiff unhörbar durch die Zähne. Seine Freundin war wirklich raffiniert! Herr Zoffler brauchte jedoch etwas

länger, um zu verstehen. Er hob fragend die Augenbrauen.
„Menno ist doch ganz einfach“, erklärte Lulu.
„Wenn meine Mam sauer auf Papi ist, macht er ihr ein tolles Geschenk und dann hat sie ihn wieder lieb.“
„Was denn für ein Geschenk?“
Dieser Stoffel Zoffler war wirklich schwer von Begriff! Albi hielt dem alten Herrn die Handtasche vor die knollige Nase.
„So eine wertvolle Markenhandtasche zum Beispiel. Feinstes Bergziegenleder. Da wird selbst eine Steinwanze zu Bienenwachs!“
„Ihr meint, ich soll das Dingens da für mein Gretchen kaufen und dann ist sie wieder freundlich?“, fragte Herr Zoffler ungläubig.
Albi hielt die Luft an. Würde sich der Griesgram überzeugen lassen? Doch Lulu bejahte voller Überzeugung.
„Bingo, Herr Zoffler! Für Sie gibt es die Tasche heute sogar zum Freundschaftspreis von acht Euro!“

Ein Lächeln breitete sich über Herrn Zofflers Gesicht. „Für ein gut gelauntes Gretchen ist mir das nicht zu teuer!“ Er zog seinen Geldbeutel aus der hinteren Hosentasche, kramte zwei 5-Euro-Scheine heraus und reichte sie Lulu. Im Gegenzug bekam er von Albi die Tasche ausgehändigt. Strahlend verabschiedete er sich. „Behaltet den Rest und macht euch einen wunderschönen Tag, ihr klugen Kleinen!“

Und bevor sich Albi und Lulu bedanken konnten, drehte Herr Zoffler um und wackelte nach Hause.

„Liebe Lulu, du bist schlagsahnenspitze!“, rief Egon, nachdem Herr Zoffler hinter seiner Haustür verschwunden war.

Lulu hielt ihm die Handfläche entgegen.

„Check ein!“

Die beiden Kinder und Egon klatschten sich ab und veranstalteten einen Freudentanz. Nach diesem Jahrhundertgeschäft wollte Lulu den Flohmarkt nun doch beenden.

„Wenn es am schönsten ist, soll man aufhören, oder? Lieber gehe ich mit euch zum Einkaufen."

Zusammen mit Albi machte sie sich auf den Weg zum Biomarkt. Wie gerne hätte Egon seine Freunde begleitet. Doch jetzt musste er leider zurück zur Krumpfburg. In Kürze sollte ja der große Empfang für Großi Mampfling beginnen!

Wo bleibt Großi Mampfling?

Bimmelim Bimmelim! Die Nickerchen-Glocke läutete zweimal. Das war das Zeichen, dass der Mittagsschlaf beendet war. Egon krabbelte aus seiner Kindergießkanne, gähnte und streckte sich – ganz so, als hätte er dort brav geschlafen und wäre nicht erst vor ein paar Minuten hineingeklettert. Dann wuselte er geradewegs zur Festhalle. Vor dem Eingangsloch des umgebauten Drehleierkastens hatten sich schon zwei Krumpflinge mit ihren Papiertröten aufgestellt. In der Halle rollte die kräftige Netti noch die rote Strumpfhose aus. Über sie sollten die Ehrengäste und die Sippenchefin zu ihren Sitzsäcken marschieren. Diese bestanden aus zwei Wollknäueln, die Dusselkurt gerade heranschleppte. Ein weicher, gelber aus Angora für Oma Krumpfling und einer aus aufgetrennter blaugrauer Baumwolle für

Großi Mampfling. Ihre Assistentin sollte seitlich auf einem Spülschwamm Platz nehmen. Oma Krumpfling hatte sich nämlich sehr genau überlegt, wie sie selbst am besten zur Geltung käme! Professor Honigschwamm wackelte hin und her und wies jedem Krumpfling seinen Platz zu. „Die Kleinen vorne, die Großen stehen hinten! Ausnahmsweise nicht drängeln und zwicken, ausnahmsweise! Das könnt ihr später wieder machen!“ Er schob die lange Lutschki hinter Panko. „Und vergesst bloß nicht ordentlich zu jubeln, wenn die beiden Chefinnen kommen. Zu jubeln! Ihr müsst mindestens so laut klingen wie 101 Krumpflinge!“ Egon war froh, dass er zwischen seinen Mitschülerinnen Fieselise und Adelheid stehen durfte.

Die beiden kniffen meistens nicht so fest wie die Zwillinge Zara und Zwurz.

„Psst! Nun müsst ihr nacktschneckenleise sein!“, schimpfte Professor Honigschwamm.

Als alle einigermaßen ruhig waren, ertönten die Tröten vor dem Eingang.

„Oh, jetzt kommen sie gleich“, wisperte Adelheid ehrfürchtig.

Egon ließ sich von ihrer Aufregung anstecken. „Ob Großi Mampfling auch so tolle Lockenwickler wie unsere Oma hat?“, überlegte er laut.

Prompt streckte Oma Krumpfling ihren Kopf durch den Eingang. In ihre dünnen Fusselhaare hatte sie sich heute kleine messingfarbene und silberne Schlüsselchen gedreht. Das machte sie nur an wichtigen Feiertagen. Ungeduldig brüllte sie Professor Honigschwamm zu: „Ist die blaue Mampfwampe etwa schon vor mir reingekommen? Da draußen steht nämlich nur ihre Assistante rum.“

Professor Honigschwamm eilte ihr besorgt entgegen. „Nur die Assistentin?“

„Sag ich doch." Oma Krumpfling stampfte herein. Zum Angeben hatte sie sogar eine Schleife aus Alufolie um ihren Hals gebunden. „Ich hab der alten Schachtel nach dem Essen extra noch einmal gesagt, dass sie pünktlich um drei vor der Festhalle erscheinen soll. Aber nicht mal eine Schweineborste von ihr ist zu sehen!", erklärte sie empört.

Hinter Oma Krumpfling trippelte nun ein schmales blaues Fellwesen herein. Es trug den Haarschöppel zu einem strengen Knoten gebunden und schleppte einen großen Notizblock mit sich herum. Das musste die Assistentin von Großi Mampfling sein.

„Soll ich schon mal mein Lied vorsingen, Oma Krumpfling?", plärrte Schorschi.

Oma Krumpfling nickte. „Krumpfige Idee, Hans-Georg. Machen wir die Party eben ohne sie. Ist mir eh lieber." Sie ließ sich in ihren Angorasitzsack fallen und räkelte sich gemütlich. „Leg los!" Die Musikkapelle verstimmte ihre Instrumente.

Der schleimige Schorschi kämmte sich mit den Krallen den Scheitel glatt und begann zu trällern: „Oma Krumpfling ist die Größte, sie ist gräulich und gemein, gell …“

Doch die Assistentin tippte hektisch auf ihren Notizblock und unterbrach ihn: „Klappe halta! Plan seiet anders. Großi Mampfling isset Ehrengast. Ohne sie nicht anfanget.“

Oma Krumpfling wurde gallegelb vor Wut. Wagte es diese enzianblaue Zwiebel tatsächlich, sie zu unterbrechen? Sie wollte schon aufbrausen, doch Professor Honigschwamm zwinkerte ihr mit dem rechten Glupschauge mehrfach zu und flüsterte: „Achtung, wir wollen keinen Streit mit den Mampflingen, keinen Streit!“ Laut sagte er: „Sicherlich hat die verehrte Großi Mampfling nach dem köstlichen Mittagsmahl verpennt. Am besten, wir holen sie alle zusammen in ihrer Gasthöhle ab. Alle zusammen.“

Auf seinen Vorschlag hin machte sich also die gesamte Gesellschaft auf den Weg zu Großi Mampflings Gasthöhle. Egon trappelte brav hinterher. Dabei hielt er etwas Abstand zu Zwurz, der ihm gerne ins Gesicht pupste. Zuerst ging es über den Hauptplatz vorbei an der Schulschachtel.

Egon überlegte, wo Oma Krumpfling die Mampflingchefin für die Mittagspause wohl untergebracht hatte. Im linken Skistiefel Größe 48 vielleicht? Doch der Zug der Krumpflinge bog vorher ab und bewegte sich geradewegs auf den Teelöffelhockeyplatz zu. Plötzlich wurde es Egon etwas mulmig. Zwischen der abgeblätterten Tischkickerplatte und der Krumpfburgmauer lagerte doch nur noch Oma Krumpflings Handtaschensammlung … Der Entsetzensschrei der Assistentin hallte durch den ganzen Keller.

„Mannomampf! Großi weg seiet!“

Als Egon das hörte, bekam er Bauchzwicken. Denn nun war er sich ziemlich sicher, in welcher Wohnhöhle die Chefin der Mampflinge geschlummert hatte: in einer altmodischen Handtasche aus schwarzbraunem Leder!

Professor Honigschwamm macht sich Sorgen

Ungewöhnlich energisch drängte sich Egon zwischen den pelzigen Popos und grünen Kugelbäuchen der anderen Krumpflinge nach vorne. Dort sah er mit seinen eigenen Glupschaugen, dass er sich nicht getäuscht hatte.
„Ihr Großi Mampfling entsorgt habet!“, schrie die Assistentin.
Sie war völlig aus dem Häuschen. Doch keiner kümmerte sich um sie. Oma Krumpfling und Professor Honigschwamm untersuchten neugierig die Stelle, von der Albi die Handtasche genommen hatte.
„Seltsam, seltsam“, murmelte Professor Honigschwamm vor sich hin. „Diese Großi hat sich mitsamt der Tasche in Luft aufgelöst. In Luft.“
Da kreischte die Assistentin: „Nicht so unschuldig

tua! Das issa krumpffiese Absicht gewest! Ich daheim saget!“ Sie wetzte los. Doch am Rand des Teelöffelhockeyplatzes drehte sie sich noch einmal um und brüllte: „Auf mampfblaue Rache gefasset macha!“

Oma Krumpfling richtete sich ächzend auf. „Tz, tz, tz, dann hat sich die Sache ja von alleine erledigt. Ist zwar schade um meine Tasche, aber wenn diese miese Mampfmuschel und ihre asselige Assistante weg sind, können sie auch keine Schimpfwörter von uns verlangen.“ Sie rieb sich zufrieden die Pfoten. „Krumpflinge, das sollten wir feiern! Mit einer Extrarunde Krumpftee für alle!“

48 Krumpflinge jubelten und klatschten. Auch Egon war froh, dass alles so glimpflich abgelaufen war. Obwohl er sich die Sache mit der Handtasche ausgedacht hatte, schob ihm ausnahmsweise keiner die Schuld zu!

Professor Honigschwamm zwirbelte jedoch nachdenklich seinen Bart. „Öhäm, ich will ja keine Munkelunke sein. Aber meines Erachtens sollten wir die Warnung ernst nehmen, ernst. Das riecht nach echtem Ärger!“

Oma Krumpfling schnupperte. „Ich rieche nichts!“

„Und selbst wenn“, quäkte der schleimige Schorschi dazwischen, „wir Krumpflinge lieben Ärger, gell!“.

„Hans-Georg, da hast du leider etwas falsch verstanden“, widersprach Professor Honigschwamm.

Schorschi wurde mitternachtsblau vor Verlegenheit. Schließlich war er der Klassenstreber!

Der Lehrer erklärte: „Wir Krumpflinge lieben es zwar, Ärger zu machen. Aber wenn uns 100 Mampflinge angreifen, weil wir ihre Großi nicht wieder herbeischaffen, haben wir den Pudeldreck in der Pillendose! Den Pudeldreck!“

Alle Krumpflinge begannen laut zu jammern.

„RUHE!“ Mit einem Schrei brachte Oma Krumpfling alle zum Schweigen. Dann sagte sie gefasst:

„Es gibt keinen Grund zu greinen, eure Chefin hat wie immer alles fest im Pfotengriff. Im Falle eines Angriffs auf die Krumpfburg haben wir einen guten Sicherheitsplan. Nämlich …“ Sie räusperte sich ausgiebig. „Nämlich einen Plan, den euch jetzt Professor Honigschwamm vorstellen wird. Ich übergebe das Wort.“

Alle Glupschaugen richteten sich gespannt auf den Lehrer der Krumpflinge. Glücklicherweise hatte der wirklich einen Plan in der Bademanteltasche: „Wir müssen die Krumpfburg verbarrikadieren. Damit keiner reinkommt. Keiner. Dazu nehmen wir Nadelkissen, Topfkratzer und Glaswolle. Ans Ofenrohr stellen wir einen Wächter und einen Aussichtsposten auf den Turm. Aussichtsposten.“

„Meine Rede!“, bestätigte Oma Krumpfling. Sie verteilte die Aufgaben an die Krumpflinge. „Aber das ist natürlich kein Dauerzustand. Wir brauchen unbedingt jemanden, der Großi Mampfling wieder auftreibt. Irgendwo muss die alte Matschwaffel ja geblieben sein!“ Sie musterte alle Krumpflinge der Reihe nach. „Wer will die Krumpfburg retten? Freiwillige vor!“
48 Krumpflinge traten zurück. Nur ein Krumpfling machte mutig einen Schritt nach vorne und piepte: „Ich mach das.“
Das war Egon Krumpfling! Wenn einer ahnte, wo Großi Mampfling stecken konnte, dann ja wohl er!

Freunde halten zusammen

Egon wollte als Erstes Albi und Lulu um Rat bitten. Vielleicht hatten die beiden eine Idee, wie er die Handtasche samt Großi Mampfling wieder zurückbekäme. Die Kinder schoben gerade die Backform mit der Sachertorte ins Rohr, als Egon in die Küche wuselte.
Albi begrüßte ihn erfreut: „Du kommst genau richtig, um die Teigschüssel auszuschlecken!"
„Aber pass auf, dass die Schüssel nicht wieder runterfällt", mahnte Lulu grinsend.
Albi lächelte sie dankbar an. Seine Freundin hatte diese Schüssel nämlich ihrem Vater abgeschwatzt. Sie war zwar aus hartem Plastik und nicht aus Porzellan wie die Backschüssel von Albis Ururoma. Aber nachdem die Bio-Eier bezahlt waren, hätte das restliche Geld auf keinen Fall für eine neue Schüssel gereicht!

Egon rang aufgebracht die Pfoten. „Jetzt ist keine Zeit zum Teigschleckern! Wir müssen die Krumpfburg retten! Weil wir Großi Mampfling verkauft haben, wollen die Mampflinge die Burg plattmachen!"
„Ich versteh nur Busbahnhof", sagte Lulu. „Die Mampflinge wollen die Krumpfburg bügeln?"
Egon erzählte der Reihe nach, was passiert war.
„Das ist ja eine Katastrophe!", rief Albi aus. „Jetzt gehen wir sofort zu den Zofflers und holen die Tasche zurück." Er riss sich die Schürze herunter. Plötzlich stockte er. „Wir haben das Geld schon ausgegeben. Und freiwillig wird Gretchen ihre Tasche kaum hergeben!"
Lulu zwinkerte Egon zu. „Dann mopsen wir sie eben! Das habt ihr doch schon einmal gemacht."
„Aber das darf man …", protestierte Albi sofort.
Lulu unterbrach ihn: „Im Notfall schon! Mein Papi sagt immer, man muss Poritaten setzen!"
Damit hatte sie Albi überzeugt. „Du hast recht. Die Sicherheit der Krumpfburg hat die oberste Priorität!"

Egons Glupschaugen wurden feucht. „Ihr wollt mir wirklich helfen? Das würde kein Krumpfling niemalsnicht für mich tun."
Albi winkte ab. „Ist doch wohl selbstverständlich, dass wir Freunde zusammenhalten! Jetzt kommt! Wir müssen Egon als Erstes bei den Zofflers einschmuggeln, damit er herausfindet, wo die Tasche genau liegt."

Um das herauszubekommem, mussten sie Egon aber gar nicht einschmuggeln. Während sich die drei dem Haus der Zofflers näherten, hörten sie nämlich schon Geschrei durch das offene Fenster.

„Wenn du glaubst, dass du mich bestechen kannst, hast du dich getäuscht! Du sollst mir beim Rasenmähen das Elektrokabel halten, du fünffingriges Faultier, mehr verlange ich ja gar nicht.“
Das war die schrille Stimme von Gretchen.
„Aber deswegen brauchst du Sauermilchsemmel doch mein Geschenk nicht gleich in den Keller zu schmeißen“, maulte die Stimme von Herrn Zoffler zurück. „Die Tasche ist für die Altkleidersammlung wirklich zu schade. Sie war sehr teuer und mit Liebe ausgesucht.“
„Teuer? Ha! Das gammelige Teil hast du wahrscheinlich aus einem Abfalleimer gezogen, um mich zu ärgern! Apropos Altkleidersammlung. Wenn du nichtsnutziger Nacktmull die Sachen nicht endlich mal wegbringst, schimmeln sie noch die nächsten 100 Jahre in unserem Keller.“

Gretchen Zoffler zeterte weiter, doch Egon und die beiden Kinder hatten genug gehört! In Blitzlichtgeschwindigkeit tüftelte Albi einen Plan zur Rettung der Krumpfburg aus: „Lulu lenkt die beiden Streitstrümpfe ab. Egon flitzt in den Keller und öffnet das hintere Fenster, sofern nötig. Ich hole inzwischen Papas Angel und klettere über unseren Zaun in Zofflers Garten. Perfekt, oder?"
„Willst du jetzt doch lieber zum Fischefangen gehen?", fragte Egon ein bisschen enttäuscht. „Aber ich kann ja verstehen, dass du lieber was Lustiges machen magst."
„Du Dummerling!" Lulu kitzelte Egon am Bauch. „Albi wird die Angelschnur durch das offene Kellerfenster werfen. Dann bindest du sie von innen an die Henkel der Handtasche …"
Jetzt verstand der kleine Krumpfling. „Und schwuppdischnellwiepups ist die Tasche draußen und mit ihr Großi Mampfling!", jauchzte er und strampelte vor Begeisterung mit den Füßen.
Dieser Plan war großartig! Da konnte ja gar nichts schiefgehen! Oder vielleicht doch?

Eine Handtasche an der Angel

Albi trabte davon. Egon stellte sich hinter zwei riesige Gummistiefel neben der Eingangstür der Zofflers in Startposition. Lulu atmete tief durch. Aus der Villa Artich zog der Duft von frisch gebackenem Schokoladenkuchen herüber.
Wir dürfen die Torte nicht im Backofen vergessen, dachte sie noch.
Dann zwickte sie sich so fest in die Wangen, dass ihr Tränen in die Augen traten, und drückte auf den Klingelknopf.
Gleich darauf öffnete Herr Zoffler die Haustür. Egon flitzte zwischen seinen Füßen hindurch ins Haus. Der alte Mann bemerkte nichts.
„Was willst du kleine Unglückskrähe denn schon wieder?“, begrüßte er Lulu missmutig. „Verschwinde! Von dir kaufe ich sicher nichts mehr!“
Aber Lulu ließ sich nicht beirren. Sie schniefte

und machte ein möglichst verzweifeltes Gesicht. „Ich brauche dringend ihre Hilfe, Herr Zoffler! Mein Dackel ist davongelaufen. Haben Sie ihn gesehen?"
„Nö." Herr Zoffler wollte die Tür wieder schließen. Doch Lulu drückte mit den Händen dagegen. „Können Sie auch mal Ihre Frau fragen?"
Währenddessen hoppelte Egon schon über die unterste Stufe der Kellertreppe.
„Bitte, Herr Zoffler", flehte Lulu. „Fragen kostet doch nichts!"
„Gretchen?", rief Herr Zoffler über die Schulter. „Du hast den Kläffer von den Vogelsangs auch nicht gesehen, oder? Greeeetchen! Die taube Muskatnuss hört auch nur, wenn sie will."
Egon wühlte sich inzwischen durch den Keller der Zofflers. Ein Karussellschwein, unzählige

Schachteln mit buntem Stickgarn, stapelweise Geschirr. Was Menschen alles sammelten … Hier sah es ja beinahe so aus wie im Kohlenkeller der Villa Artich!
Oben im Hausflur ächzte währenddessen Frau Zoffler herbei.
„Dein Hundi ist weg?“, fragte sie voller Mitgefühl. „Das ist ja schrecklich! Komm, Stoffel, wir helfen dem armen Kind beim Suchen! Schau du doch gleich in den Garten.“
Auweia, Lulus Ablenkungsmanöver ging nach hinten los! Nach ihrer Schätzung musste Albi bereits über den Zaun geklettert sein.
Und das stimmte auch. Der Junge schlich mit der Angel unter dem Arm gerade auf die rückseitige Hauswand zu!
Lulu stellte sich breitbeinig vor die Zofflers und streckte die Arme zur Seite. „Nein, nein, nicht in den Garten gucken!“
„Warum sollen wir denn dein Dackelchen nicht im Garten suchen?“,

fragte Gretchen verwundert. „Vielleicht hat es unsere Minka gewittert.“
Lulu überlegte fieberhaft. „Weil … weil wir zuerst zum heiligen Antonius beten müssen. Damit er beim Suchen hilft. Das macht mein Opi auch immer.“

„So ein Quastenquatsch. Da hätte der arme Heilige ja viel zu tun.“ Herr Zoffler wollte schon die Hausschlappen gegen die Gummischuhe tauschen. Aber Gretchen hielt ihn zurück. „Stoffelkartoffel, lass das Mädchen doch sein Gebet aufsagen. Ich finde es wunderbar, dass es noch fromme Kinder gibt!“
Sie falteten also alle drei die Hände und Lulu dichtete wild darauf los: „Heiliger Antonius, dir

schick ich einen lieben Gruß. Weil ich jetzt was suchen muss und mit dir finde ich's zum Schluss und fahr dann heimwärts mit dem Bus, denn da gibt's lecker Apfelmus …“
Was reimte sich denn noch darauf? Lulu begann zu stottern: „Dadadadas tropft mir leider auf den Fuß … ähm, ja, und rinnt dann runter wie ein Fluss und später kriegst du auch 'nen Kuss, und gerne auch 'ne Eins mit Plus … mit dir ist's Finden ein Genuss … wir haben bald den Dackulus …“
„So ein Stuss“, sagte Herr Zoffler.

Während Lulu so geschickt dichtete, durchsuchte Egon den Keller.
„Wo ist nur die vermampfte Tasche?“, fragte er sich. Mit aufgerissenen Glupschaugen sah er sich in dem Verhau um. Doch dann entdeckte er in einer Badewanne mit Löwenfüßen einen Haufen Kleidung. Und obenauf, zwischen Frau Zofflers alten Büstenhaltern und einem Stapel Hüte, lag tatsächlich die schwarzbraune Ledertasche! Egon schlich sich vorsichtig an. Die

Tasche war geschlossen. Aus ihrem Inneren vibrierte ein leises Schnarchen. Großi Mampfling war demnach noch nicht einmal aus ihrem Mittagsschlaf erwacht.

Und da fiel ja auch schon die Angelschnur durch das gekippte Fenster! Gleich darauf winkte Albi durch die Scheibe herunter. Egon streckte die Daumenkralle hoch. Dann hangelte er nach dem Haken am Ende der Angelschnur, zog ihn zur Handtasche und hakte ihn in den Henkel. Dabei gluckste er vor Freude.

„Egon Krumpfling, was bist du doch ein Glücksknollenblätterpilz!
Das klappt ja alles wie am Angelschnürchen!"

Das Wunder des heiligen Antonius

Herr Zoffler zog den ersten Gummistiefel an. Lulu fing an zu schwitzen.
„Ich schau jetzt im Garten nach dem Hundevieh und dann will ich endlich in Ruhe auf dem Liegestuhl sitzen und meinen Krimi lesen!"
„Einen Moment Geduld, lieber Herr Zoffler!", japste Lulu. „Das Gebet dauert noch länger!"
Selbst die gutgläubige Gretchen Zoffler fand das Verhalten des Mädchens inzwischen etwas seltsam. „Noch länger?"
„Na klar, wirkungsvolle Gebete brauchen mindestens zehn Minuten! Oder zwölf!"
Lulu wurde radieschenrot. Das Gespräch nahm keine gute Wendung. Und sie konnte nur raten, wie weit ihre Freunde mit der Rettungsaktion inzwischen gekommen waren. Dummerweise trug sie keine Uhr. Hatte sie die Zofflers schon lange

genug abgelenkt? Wohl eher nicht. Ein bisschen musste sie noch durchhalten. Darum erklärte sie verzweifelt: „Wenn diese versteckerigen Dackel erst mal verschwunden sind, findet man sie nur mit viel Beistand von oben wieder …“

„Jetzt reicht's. Du willst uns doch verhohnepiepeln!“, platzte Herr Zoffler heraus.

„Aber nein!“, versicherte Lulu. „Wissen Sie, mein kleiner Bruder weint sich daheim schon seit Stunden die Augen aus, weil sein heiß geliebter Bazi weg ist!“

„So, so, tut er das?“, fragte Gretchen plötzlich verwundert. „Dann hat der heilige Antonius gerade ein Wunder vollbracht.“

Sie zeigte auf den gegenüberliegenden Gehweg. Lulu drehte sich um. Ausgerechnet jetzt marschierten dort Herr und Frau Vogelsang und ihr Bruder Bruno vorbei. Bruno

schleckte glücklich an seinem zweiten Eis. Und wer hoppelte schwanzwedelnd vorneweg? Bazi, der Dackel!

Ab diesem Moment ging alles sehr schnell.
Zu schnell!
Egon rief im Keller: „Jetzt wickel die Schnur auf, Albi!"
Albi drehte die Kurbel der Angel, so rasch er konnte. Die Handtasche mit der schnarchenden Großi Mampfling rutschte zum Badewannenrand und schwebte in die Höhe Richtung Fenster.
Herr Zoffler zog Lulu an einem ihrer Zöpfe und sagte streng: „Sag uns sofort, was du in Wirklichkeit vorhast!"
In Lulus Kopf waberte schlagartig nur noch dichter Nebel.
„Ich … wollte gar nichts Schlimmes. Nur dass Sie mal zehn Minuten lang nicht in ihren Garten gehen", gab sie jammernd zu.
Die Handtasche befand sich nun auf halber Höhe unter dem Fenster.

„Und genau das werde ich jetzt machen!“ Stoffel Zoffler zog den zweiten Gummistiefel an und stapfte los. „Da steckt doch bestimmt ein böser Streich dahinter!“
Lulu versuchte ihn an der Weste festzuhalten. Gretchen wackelte neugierig hinter den beiden her. In Strümpfen!
„Nur noch eine Oma-Krumpfling-Länge!“, rief Egon Albi zu: „Jetzt Vorsicht. Gleich hast du sie!“
Albi streckte den Arm durch den Fensterspalt.
„Hab ich dich!“, schrie Herr Zoffler wütend und packte Albi an den Schultern.

Die Mampflinge kommen!

Im Keller der Villa Artich war die Lage auch nicht besser. Die kräftige Netti hockte auf dem Turm und beobachtete das Gerümpel um sich herum. Wie langweilig war es doch, nach Feinden Ausschau zu halten, wenn keine in Sicht waren. Sie untersuchte gähnend ihren Kugelbauch. Sah er nicht schon wie ein abnehmender Vollmond aus? Ein Krumpfmaul Semmelknödel mit Schimmelpilz wäre jetzt lecker! Aber seitdem die Krumpfburg verbarrikadiert war, hatte Oma Krumpfling die Essensrationen halbiert, damit die Vorräte für den Notfall länger hielten. Schließlich wusste keiner, wann Großi Mampfling wieder auftauchen würde. Die kräftige Netti überlegte, ob sie sich heimlich in die Küche schleichen und sich etwas klauen sollte. Aber dann kam ihr die 6. Krumpflings-Regel in den Sinn: Wer Oma Krumpflings

Befehle nicht einhält, muss in der Kindergieß-kanne wohnen! Das wollte die kräftige Netti lieber doch nicht riskieren. Um sich von ihrem Hunger abzulenken, sang sie also vor sich hin: „Wenn ich ein Knödlein hätt, fräß ich mich dick und fett und rollt' ins Bett. Weil's aber nicht kann sein, rülps traurig ich allein, u-hund …"
Sie unterbrach ihren Gesang. Bewegte sich da etwa das Abflussgitter auf dem Kellerboden? Ja, es rutschte zur Seite! Darunter tauchte ein schimmelblauer Knödel auf, der beinahe so groß wie sie selbst war! Die kräftige Netti rieb sich die Glupschaugen. Wurde sie jetzt vor lauter Hunger verrückt? Aber nein, das war kein Traum! Der Knödel trug sogar eine Kuchengabel! Jetzt

bückte er sich, streckte die freie Pfote aus und zog einen zweiten blauen Knödel mit Pommes-Pieker aus dem Abfluss. Und dieser half einem dritten blauen Knödel samt Zahnstocher in den Keller der Krumpflinge. Und so ging es immer weiter. Nach kurzer Zeit waberte eine Masse von blauen Knödeln über den Boden. Sie verteilten sich ringförmig um die Krumpfburg.

„Achtneunzig, siebenundneunig, neunund-neunig.“

Die kräftige Netti kam mit dem Zählen schon ganz durcheinander. Was hatte dieser Knödel-auflauf wohl zu bedeuten? Wenn sie von hier oben nur etwas mehr erkennen könnte. Ihre Glupschaugen wurden auch immer schlechter. Am klügsten wäre es wahrscheinlich, Professor Honigschwamm um Rat zu fragen, aber das durfte sie ja nicht. Oma Krumpfling hatte ihr befohlen, den Turm unter keinen Umständen zu verlassen – bis Dusselkurt sie ablöste.

Damit sich in der Zwischenzeit kein Mampfling nähern konnte. Kein Mampfling?

„HILFEEEE!“, kreischte die kräftige Netti jetzt und begann wie wild die Glocke zu läuten. „Die Mampflinge greifen die Krumpfburg an!“

Eine Krumpfgeniale Idee

Als Herr Zoffler Albi von hinten an den Schultern packte, erschrak dieser so, dass er die Angel fallen ließ. Durch das Gewicht der Tasche samt Großi Mampfling spulte sich die Schnur wieder ab. Die Handtasche sauste blitzschnell nach unten auf Egon zu. Mit einem Satz in den Kleiderhaufen konnte sich der kleine Krumpfling im letzten Moment noch retten. Sonst wäre ihm das schwere Teil auf den Haarschöppel geknallt. So schlug die Handtasche allerdings am Rand der Badewanne auf. Dabei öffnete sich der Verschluss, die Tasche klappte auf und Großi Mampfling kullerte heraus – genau bis vor Egons Füße! Sorgenvoll beäugte Egon die Chefin der Mampflinge. Sie wirkte unverletzt, aber ihre Glupschaugen waren fest geschlossen. War sie bewusstlos oder etwa gestorben?

Egon schlug sich vor Entsetzen die Pfoten vor sein breites Maul und wich ein paar Tapser zurück. Doch dabei verfing sich sein Fuß im Träger eines Büstenhalters und er fiel rücklings um. Am liebsten hätte er sich nun schnell unter einer löchrigen Socke von Herrn Zoffler verkrochen. Doch plötzlich fiel ihm wieder ein, was Professor Honigschwamm gesagt hatte: dass die Mampflinge einen riesigen Streit mit den Krumpflingen anfangen würden, wenn sie ihre Großi nicht zurückbekämen! Also kratzte er all seinen Mut zusammen, krabbelte wieder näher heran und zupfte Großi Mampfling an einer ihrer Locken.
„Grrrrrschjiiü." Großi Mampfling machte einen tiefen Schnarcher.
Egon atmete erleichtert auf. Zum Krumpfglück, die Chefin der Mampflinge lebte noch!
Jetzt riss Egon ein bisschen fester an ihren Haaren. Mit einem Quieken klappte Großi Mampfling

ihre gelben Kugelaugen auf. Sie räkelte sich und sah sich erstaunt um. Plötzlich stellte sie ihre Tütenohren in Lauschposition.
Durch das geöffnete Fenster schallte die Streiterei von Herrn und Frau Zoffler, die sich nicht einigen konnten, was sie mit Lulu und Albi machen sollten.
„Arme alte Leutchen schikanieren! Diesen froschfrechen Rotzgrützlingen versohle ich jetzt die Sitzbacken!“, drohte Herr Zoffler.
Doch Gretchen war schon wieder anderer Meinung als ihr Mann.
„Hast du etwa Läuse im Hirn, du tollwütiger Wursttrottel? Wenn du die Kinderchen anfasst, bekommst du Popoklatsche mit Anlauf von mir!“
„Lecker Schimpfe. Allüberall Krempelramsch. Wo seiet ich?“, flüsterte Großi Mampfling. „Issa Paradies?“ Vorsichtig tastete sie Egons Schnauze ab. „Du seia grüner Engel von die Mampflinge?“
Plötzlich begann Egon zu verstehen: Vermutlich kannte Großi Mampfling ja nur die Abwasserrohre unter der Stadt. Der Verhau der Zofflers

und ihr Geschimpfe mussten ihr da natürlich wie der Himmel selbst vorkommen!
Und dann hatte er einen krumpfgenialen Einfall: Er wies mit der Pfote auf das Gerümpel im Keller und sagte: „Verehrte Großi Mampfling! Das alles hier ist ein Geschenk von Oma Krumpfling für die Mampflinge. In diesem schrecklich schönen Saustall dürft ihr euch eine eigene Mampfburg einrichten. Und feine fiese Schimpfworte für leckeren Tee gibt es auch zur Genüge!"
Wie zur Bestätigung sagte Gretchen in diesem Augenblick: „Lass die Kinder doch mal erklären, was sie mit unserem Muffelmüll wollten, du raukratzige Krautrübe."
„Alles für uns seiet?" Großi Mampfling war so glücklich, dass sie Egon fest an sich drückte.
„Oma Krumpfling isset Mampfschatz! Itzo schnell gemeinsam zu Krumpfburg geha und Oma Krumpfling Dank saga!" Sie küsste Egon zwei nasse Schmatzer auf beide Backen. Dann zogen sie Pfote in Pfote los.

Hoch lebe Egon Krumpfling!

Auf den Rat von Professor Honigschwamm waren inzwischen alle Krumpflinge nebeneinander auf die Mauer der Krumpfburg geklettert. Sie schleuderten ihre letzten Zuckerstücke, Gummibärchen und Marshmallows auf die Angreifer. Doch die Mampflinge rückten immer näher.
„Wir wolla Großi, wir wolla Großi!“, schrien sie im Chor.
Schweren Herzens schickte Oma Krumpfling Dusselkurt los, damit er die Blechschachtel mit ihren kostbaren Weingummis holte. Nun mussten wohl oder übel auch diese als Wurfgeschosse herhalten.
Die Bibliothekarin der Krumpflinge, Fräulein Glemmer, entdeckte die beiden Rückkehrer als Erste.

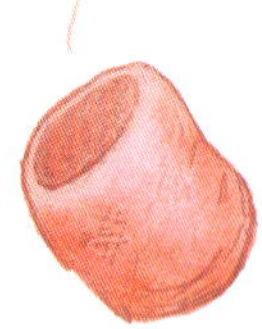

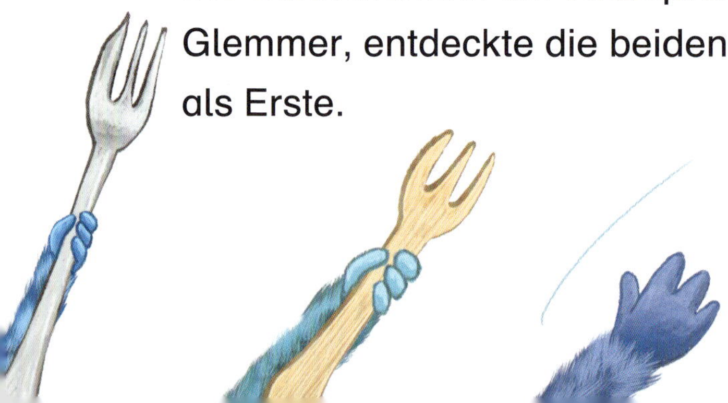

„Schaut mal!
Da kommen Egon und
Großi Mampfling!“
Der rote Lack auf ihrer Zeigekralle glitzerte,
als sie damit zur Kellertür wies.
„Wir jetzt nicht haba Zeit für schlechta Scherza!“,
zischte die Assistentin der Mampflinge und
stocherte mit ihrem Bleistift drohend nach oben.
„Da bin ich ausnahmsweise mit einem Mampfling
einer Meinung“, bestätigte Oma Krumpfling und
steckte eine Schaumrolle auf die Bleistiftspitze.
Doch nun erspähte auch Wobbel die beiden
Heimkehrer: „Fräulein Glemmer macht keine
Witze! Egon bringt Großi zurück!“
Nach und nach kapierten alle Krumpf- und
Mampflinge, was passiert war. Zuletzt verstand

es Dusselkurt. Er zupfte Oma Krumpfling an der Kittelschürze und schrie begeistert: „Guck mal, guck mal, Oma! Unser Egon hat die Krumpfburg gerettet!“

Mann kann sich vorstellen, was da für ein Tohuwabohu ausbrach! Die Krumpflinge rannten nach draußen und mischten sich unter die Mampflinge. Eine lustige Mischung aus blauen und grünen Fellbällchen gab das! Dann bildeten die beiden Sippen eine Gasse für Großi Mampfling und den kleinsten Krumpfling. So wanderten die beiden

unter Krumpf-Krumpf-Hurra-Schreien und Heureka-und-Mampfala-Rufen bis zu Oma Krumpfling. Als allen die Luft zum Jubeln ausgegangen war, wandte sich Großi Mampfling an ihr Volk: „Mampflinge, Waffen für immer wegwerfa! Die Krumpflinge uns eine eigene Burg mit viele Schimpfwörta geschenkt habet. Egon und Oma Krumpfling hoch leba!"

Die stärksten Mampflinge schnappten sich Egon und Oma Krumpfling und warfen sie in die Luft. Oma Krumpfling wusste zwar nicht genau, wie sie zu dieser Ehre gekommen war.

„Aber sie steht mir zweifellos zu!", sagte sie kichernd zu Professor Honigschwamm, als sie wieder fest auf ihren Pantoffeln stand. Doch der hatte im Moment nur Glupschaugen für Großi Mampfling. Ein so herrliches Wesen hatte er noch in keinem Lehrbuch gesehen. Dieses veilchenblaue Fell und die naturkrause Lockenpracht! Oma Krumpfling trat ihm fest auf die Zehen.

„Heda, hier spielt die Musik!"

„Hä? Ach so, spielt Musik. Spielt!", rettete sich Professor Honigschwamm aus der peinlichen Situation.

Die Kapellen-Krumpflinge ließen sich das nicht dreimal sagen. Sie griffen nach ihren Instrumenten und spielten los. Beinahe hätte Schorschi seinen Einsatz verpasst! Aber dann schmetterte er aus voller Brust sein Lied: „Oma Krumpfling ist die Größte, sie ist greulich und gemein, Oma Krumpfling ist die Böste, trinkt den Krumpftee ganz allein …"

Als der letzte falsche Ton verklungen war, zogen alle in die Krumpfburg. Dort wurde mit Krumpftee und Hexenröhrlingshäppchen gefeiert, dass der Keller wackelte!

Sachertorte mit Guss

In dem ganzen Trubel bemerkte niemand, wie sich der eigentliche Held des Tages verdrückte. Egon freute sich zwar über das Glück der Mampflinge – aber feiern konnte der kleine Krumpfling mit dem Herzchenfleck jetzt wirklich nicht. Vielmehr machte er sich riesige Sorgen um seine Freunde Albi und Lulu!
Als er die beiden zuletzt gesehen hatte, waren sie wie zwei begossene Pudel zwischen den streitenden Zofflers in deren Garten gestanden. Egon sauste also als erstes dorthin, doch da lag nur Herr Zoffler auf seinem Liegestuhl und las zufrieden in seinem Buch.
Also turnte Egon zurück in die Küche der Artichs. Und das war ein großes Glück! Dort waren seine Freunde zwar auch nicht zu finden, aber aus dem Ofen stieg schon stinkender Rauch auf. Egon

hatte in Menschenkunde gelernt, dass Menschen andere Sachen schmeckten als Krumpflingen. Angebrannte Sachertorte mochten sie sicher nicht. Deswegen schaltete er schnell den Backofen aus. Aber wo blieben die beiden Kinder nur? Sollte er vielleicht noch bei den Vogelsangs vorbeischauen? Wenn da bloß nicht immer dieser dämliche Dackel wäre …

Während Egon noch gegen seine Angst vor Hunden ankämpfte, stürmten Albi und Lulu in die Küche.

„Endlich! Ich wollte schon eine Vermisstenanzeige aufgeben!", rief Egon erleichtert. Aber dann fiel ihm wieder ein, was zuvor alles passiert war. „Habt ihr etwa noch krumpfgemeinen Ärger mit dieser Zetergretel bekommen?", fragte er bekümmert.

„Im Gegenteil!" Lulu schwenkte stolz die schwarzbraune Lederhandtasche und eine große Tafel Schokolade. „Gretel Zoffler ist die großzügigste alte Dame des Uniserwurms!"

„Sie hat euch beschenkt? Wie habt ihr denn das gemacht?", wollte Egon wissen.

„Wir haben ihr einfach erzählt, warum wir die Tasche verkauft haben. Und dass wir vergessen haben, nachzusehen, ob noch was Wichtiges drin war“, erklärte Lulu.

„Tja, manchmal ist die Wahrheit der beste Weg!“, bestätigte Albi eifrig. „Aber jetzt schau mal, was wir noch bekommen haben.“

Albi stellte vorsichtig eine Backschüssel vor Egon auf die Arbeitsfläche. Sie war aus hellem Porzellan, hatte kleine blaue Blümchen, aber keine einzige Macke.

Der Krumpfling riss die Glupschaugen auf. „Das ist ja die Schüssel von deiner Ururoma!“ Er umkreiste sie, sicherheitshalber mit einer Krumpflingslänge Abstand. „Und sie ist noch heiler als vorher!“

Albi nickte glücklich. „Meine Mama wird sich kugelrund freuen, wenn sie das sieht!“

Lulu hatte inzwischen die Torte aus dem Ofen geholt.
„Meinst du, dein Papi mag seinen Kuchen gut durchgebacken?“ Sie klopfte mit dem Fingerknöchel auf die schwarze Kruste.
„Bestimmt“, antwortete Albi lachend. „Die gute Absicht zählt, sagt er immer!“
Und dann überzogen die drei Freunde eine leicht angebrannte Sachertorte mit einer dicken Schicht süßer Schokolade.

Schorschis Lied

1. Strophe
Wer ist schö schö schö schöner noch als Barbie?
Wer ist klü klü klü klüger als der Papst?
Wer ro ro ro ro rockt die coolste Party?
Wer ist noch nie in 'ne Falle reingetapst?
(gesprochen) Naja, das eine Mal zählt nicht, Oma, gell?!

2. Strophe
Weiß etwa i i i i immer noch wer nicht,
von wem der Schleimer Schorschi g'rade spricht?
Der ist so bimmelbammelblöd wie Butterbrote
Die Antwort liegt doch sicher auf der Pfote:

Refrain
Oma Krumpfling ist die größte,
sie ist greulich und gemein!
Oma Krumpfling ist die bös'te,
trinkt den Krumpftee ganz allein!

3. Strophe
Wer hat viel viel viel mehr Fans als Torwart Neuer?
Wer ist eis eis eis eis eiskalt wie der Mond?
Wen für für für für fürchten Ungeheuer?
Wer hat noch niemals einen Feind von sich geschont?

4. Strophe
Fragt da noch e e etwa jemand, wer das wär?
Der ist ja dödeldoofer als ein Gummibär!
Jetzt wi wi wi wi wissens wirklich alle!
die A A Antwort liegt doch mitten auf der Kralle:

Refrain
Oma Krumpfling ist die frechste,
sie ist furchtbar, ist ein Schreck!
Oma Krumpfling ist die fies'te,
der frisst niemand etwas weg!

Schluss
Oma Krumpfling ist die größte,
sie ist grausig und genial,
geht es andern Wesen dreckig,
ist ihr das pupswurstegal!
(gesprochen) So ist es doch, Oma, gell?